les p'tits
POLICIERS

Cavale sur le Grand Bé

FRANÇOISE MÉGALI

ILLUSTRATIONS DE COUVERTURE
ET D'INTÉRIEUR :
PÉHEL LE LORRAIN

MAGNARD
JEUNESSE

Collection animée par Jack Chaboud

À Juliette et Anthony,

Pierre-Antonin et Théophile.

Dépôt légal: juin 2002 - N° d'éditeur: 2002/200

1

MAMIE VIENT À PEINE de refermer la porte pour aller cueillir du persil dans le jardin. Julie se précipite sur le téléphone. Un léger doigté sur les dix touches et la voix de Thierry devrait se faire entendre.

Depuis la sortie de l'école, Julie guette désespérément le moment où elle pourra lancer son « invitation » à Thierry.

Première sonnerie. « Grouille-toi, Thierry ! » Deuxième sonnerie. Mamie coupe les derniers brins de persil. Ah ! Le grisouillis du téléphone qu'on décroche. Une voix volontairement suave – Zut ! La sœur de Thierry.

« Bonjour, Laetitia, c'est Julie. Est-ce que Thierry est là ? C'est pour l'exposé en anglais. »

Mamie se relève et prend le chemin du retour. Dans l'écouteur, la voix de Laetitia-pimbêche appelle son frère.

« Thierry, ta chérie-Julie ! »

Et Julie bout à cause du « chérie-Julie » et du temps qui passe. Mamie est en bas de l'escalier. Enfin, Thierry est au bout du fil, mais elle n'a plus que quelques secondes pour lui lancer :

« Ce soir, trente centimètres au rocher moussu ! »

Et de raccrocher car le souffle court de mamie se fait entendre derrière la porte. Juste le temps de se précipiter devant la télé restée allumée.

Julie s'efforce d'être gaie pendant tout le repas, mais l'incertitude lui noue l'estomac. Viendra ? Viendra pas ?

Au dessert, elle n'y tient plus et prétexte un mal de ventre pour regagner sa chambre. Allongée sur son lit, elle tourne la tête vers un visage qui lui sourit dans le cadre posé sur sa table de chevet : un visage mutin que viennent balayer quelques boucles d'un chignon fait à la va-vite, des yeux couleur des vagues un jour de tempête et des lèvres enfouies dans la chevelure mordorée d'une petite bonne femme qui rit aux éclats : Julie, à quatre ans. C'était il y a six ans, c'était le temps du bonheur et de l'insouciance.

2

L'APRÈS-MIDI EST INTERMINABLE. À une heure et demie, Julie a guetté l'entrée des sixième B pour capter le regard de Thierry, mais peine perdue…

Il était en plein échange de jeux de console avec ses copains et n'a même pas levé les yeux. La sixième A, la classe de Julie, est rentrée la première.

À la récréation de quinze heures, Julie échange trois mots avec Thierry.

« Alors ?

— T'es dingue. Si je me fais piquer, adieu le booster !

— Il n'y a personne aujourd'hui. Demain, c'est le week-end, on ne pourra pas !

— Faut encore que je me trouve une excuse. Avec ma frangine, ça devient dur. Elle me guette sans arrêt !

— L'exposé d'anglais, c'est une excuse béton, reprend Julie. Je l'ai pratiquement fini. Tu n'auras plus qu'à le copier. »

Là, Julie a visé juste !

« D'accord, mais c'est la dernière fois. En plus, ça devient dangereux ! »

Julie soupire en levant les yeux au ciel.

« Tu vieillis, valeureux chevalier !

— Non ! Mais je ne suis pas barjo, moi, madame ! Je sais mesurer le risque !

— O.K. ! de toute façon, c'est la dernière fois ! La semaine prochaine, il y aura trop de monde. Nous ne serons plus chez nous ! »

3

EN DESCENDANT DU BUS qui la ramène au cœur de la vieille ville, Julie a parfaitement mis au point tous les arguments qui vont convaincre ses grands-parents de la laisser ressortir.

On est au mois de juin, les touristes affluent dans la vieille cité corsaire de Saint-Malo, où est située la maison familiale.

Ce soir-là, Julie a un petit pincement au cœur quand elle lit dans les yeux de son grand-père la déception de la voir repartir à peine arrivée.

Mais elle a eu trop de mal à arracher un oui réticent à sa grand-mère pour ne pas en profiter.

Pour ne pas laisser au remords le temps de s'installer, Julie quitte rapidement la maison, longe les murs épais de l'École de marine marchande et ne reprend son souffle qu'à la poterne aux Normands.

À sa vue s'offre alors un spectacle à la beauté toujours renouvelée : au loin, à gauche, la ville de Dinard ; droit devant, les îlots rocheux du Grand Bé et du Petit Bé ; un peu en retrait, la masse imposante du Fort national.

À heures régulières, les ferries traversent en arrière-plan, traînant derrière eux un gros ruban d'écume.

Thierry est déjà sur le rempart.

Sans échanger le moindre mot, ils descendent sur la plage, ôtent leurs baskets et se mettent à courir, imprimant sur le sable chaud et humide les marques de leurs pieds.

Ils s'arrêtent un court instant pour scruter la frange écumeuse qui mord le sable.

« Elle remonte depuis une demi-heure », constate Thierry.

4

EN CETTE FIN D'APRÈS-MIDI, l'air du large se fait doux. Thierry saute à cloche-pied des pavés de la digue sur le sable et profite de la distraction de Julie pour ramasser une algue bien gluante qu'il agite tout près du nez de son amie. S'ensuit alors une poursuite jusqu'au sentier sinueux qui parcourt l'îlot.

Là, ils reprennent leur souffle, leurs visages tendus vers le large.

La fillette réfléchit au nombre de fois où ils se sont prêtés à ce jeu, devenu à la longue une sorte de défi. En repoussant toujours à plus tard le départ de l'îlot vers la terre ferme, que cherchent-ils sinon à braver les éléments ?

La brume légère qui ourle l'horizon laisse apparaître, non loin d'eux, quelques bateaux qui semblent posés sur l'eau.

Julie a déjà repéré l'un d'entre eux. C'est le *Freeman*. Son propriétaire, Alex Brady, était un ami de ses parents. Elle n'avait jamais beaucoup apprécié son côté sûr de lui et les récits épiques de son passé de policier.

Depuis le tragique accident de la route qui avait coûté la vie à sa mère, il ne leur rendait plus visite. La dernière fois qu'elle l'avait vu, c'était une rose à la main, déposée rapidement sur un cercueil.

Thierry a décodé les pensées de Julie et bouscule celle-ci de l'épaule en disant :

« Si on se dépêche, je te montrerai le booster chez Covelli. Il vient de le recevoir. Mais il faudrait y aller maintenant ! »

Julie s'arrache à ses pensées, s'étire et se lève brusquement.

« On fait la course ? Le dernier arrivé paie une crêpe. »

Le point d'arrivée de toutes leurs escapades est une tombe de granit sans nom, tournée vers la mer.

C'est là qu'un grand écrivain a choisi de reposer à jamais, en ce lieu seulement troublé par les criaillements des goélands et isolé du continent à chaque marée haute.

Thierry a quelques mètres d'avance sur le chemin escarpé, aussi Julie décide-t-elle de couper au court pour rattraper le sentier plus loin. C'est chose faite ! Elle devance Thierry de quelques mètres et s'apprête à sauter en contrebas lorsque son pied glisse… Elle s'étale de tout son long, une douleur violente crispe sa cheville.

Thierry arrive, hilare, mais son rire s'arrête net lorsqu'il découvre la pauvre mine de son amie. Celle-ci grimace de douleur et de grosses larmes roulent sur ses joues.

« Thierry, je ne peux plus bouger ma cheville, j'ai très mal. »

Délicatement, le jeune garçon examine la cheville qui enfle à vue d'œil.

« Je vais te soutenir pour rentrer. Ça ira ?

— Faudra bien ! »

Ils n'ont pas besoin d'en dire plus. Plus question d'attendre maintenant que l'eau recouvre la digue au point le plus bas.

Leur dernier exploit était de vingt centimètres au rocher moussu qui leur sert de témoin depuis le début de leurs expéditions.

Ils avaient dû, ce jour-là, remonter leur jean au-dessus des mollets pour regagner la plage. Trente centimètres signifient de l'eau à hauteur des cuisses à certains endroits. Une vraie folie, un défi qui risque de se révéler fort dangereux si la marée est plus forte ou s'ils sont retardés !

Thierry lance un regard circulaire sur l'île, à la recherche de quelque promeneur aussi téméraire qu'eux. Mais en vain ! Il amorce alors courageusement la descente, Julie accrochée à lui par un bras autour de son épaule, à peine capable d'effleurer le sol de son pied.

Le jeune garçon la soutient du mieux qu'il peut mais chaque nouveau pas fait naître une grimace de douleur sur le fin visage de Julie.

« Arrête-toi cinq minutes, j'en peux plus !

— Mais la mer monte, faut se grouiller !

— Écoute, vas-y tout seul. Préviens ton oncle et venez me chercher avec le Zodiac.

— Ce n'est pas possible, il est parti à Rennes pour la journée. Quant à mes parents, ils devaient rentrer plus tard aujourd'hui ! Et je ne peux pas te laisser toute seule comme ça !

— Alors, il faut passer coûte que coûte ! »

Les deux enfants atteignent péniblement le milieu de la digue lorsqu'une vague vient s'écraser brutalement à leurs pieds, faisant naître un bouquet d'écume qui les trempe jusqu'aux cuisses.

Dégoulinante, Julie se met soudain à éclater en sanglots.

« C'est trop tard, on ne peut plus passer ! »

Thierry passe un bras autour des épaules de Julie et lui demande doucement :

« Penses-tu que tu pourrais nager ? »

La mine effarouchée de la fillette est sans équivoque : sa cheville ne lui permettrait pas la moindre brasse. Thierry n'insiste pas et son regard se porte à nouveau sur la digue, seul trait d'union avec ceux qu'ils aiment. Le chemin pavé qui mène à la plage a maintenant complètement disparu sous une mousse blanchâtre.

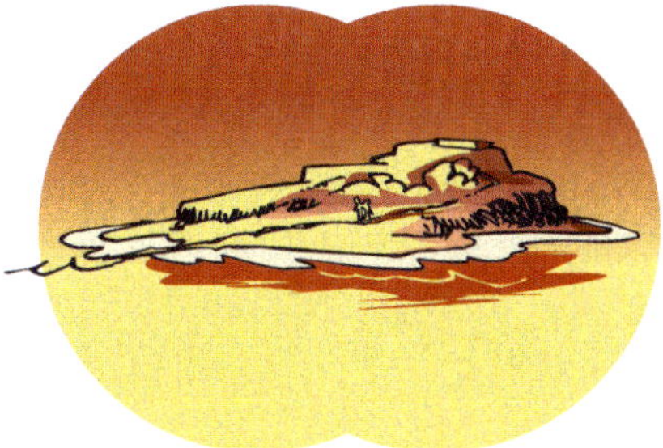

5

C'EST LE CŒUR GROS que Julie et Thierry regagnent l'intérieur de l'île. Le jeune garçon tente vainement de réconforter son amie, qui a tout oublié de son aplomb.

« Ne t'inquiète pas, ils vont envoyer du secours. Nous serons bientôt dans notre lit. »

Mais lui-même n'est guère convaincu. Qui penserait à les chercher au Grand Bé ?

C'est leur secret depuis des mois et ils ne l'ont jamais partagé avec quiconque. Tous deux pensent à l'affolement de leurs proches et Julie imagine la détresse de ses grands-parents. La nuit qui commence à tomber les incite à trouver un refuge. L'idée jaillit d'un même trait.

« Le vieux blockhaus ! On y sera à l'abri ! »

L'accès à l'entrée du bunker se révèle plus facile qu'ils ne l'auraient pensé. Les deux naufragés se calent l'un contre l'autre près de l'issue, dégoûtés par la saleté du blockhaus et par les papiers et tessons de bouteilles qui jonchent le sol.

Julie rentre les mains dans les manches de son chandail humide et ferme les yeux. Thierry décide de rester éveillé, mais la fatigue et le froid l'entraînent dans un sommeil agité.

Ont-ils vraiment dormi ?

Rêvent-ils ?

C'est Julie, la première, qui ouvre les yeux. Un bruit de moteur... Sauvés ! On est venu les chercher ! Toute à sa joie, elle se lève mais une violente douleur la fait retomber lourdement. Thierry, entre-temps, s'est réveillé. Il regarde sa montre, celle-ci affiche 23 h 20.

Julie se tourne vers son compagnon et s'exclame :

« Les voilà ! Va vite à leur rencontre ! J'ai hâte de rentrer à la maison, même si je dois prendre l'engueulade du siècle ! »

Thierry retrouve aussitôt toute son énergie. Julie le voit sortir en courant de leur abri et gagner le chemin.

6

JULIE TROUVE LE TEMPS LONG. Elle a entendu depuis quelques minutes des bruits de voix qui se rapprochent. Retrouvant toute sa gaieté, elle se met à fredonner un des airs favoris de sa mère :

« Trois petites notes de musique ont plié boutique au creux du che… »

Trois petites notes qui s'étranglent à la vue du spectacle qui s'offre à ses yeux.

Thierry, livide et tremblant, marche devant un groupe de trois hommes. La lune brillante permet à la jeune fille de distinguer nettement une arme pointée dans le dos de son ami.

L'indignation la fait bondir en avant malgré sa douleur mais l'un des hommes la repousse rudement en grognant :

« Reste tranquille, sale môme ! C'est pas une bonne idée que vous avez eue de rester là, tous les deux ! »

D'un geste brusque, il bouscule Thierry vers le côté et, malgré la pénombre, Julie a le temps d'apercevoir sa barbe hirsute et ses petits yeux cruels. L'individu qui lui succède a l'allure d'un tout jeune homme. Celui qui ferme la marche, élégamment vêtu, n'a pas un seul regard pour les deux enfants.

Pelotonnés l'un contre l'autre, Thierry et Julie n'osent plus bouger. Ils ne tentent même pas d'essuyer les larmes qui dégoulinent sur leurs joues.

Le groupe entier a maintenant disparu à l'intérieur du blockhaus, les laissant seuls. Sans doute savent-ils que Julie est incapable de se déplacer. De toute façon, où fuir ? La mer les cerne de partout, et cela jusqu'au petit jour.

Les deux enfants en sont à ce point de leurs réflexions muettes lorsque les trois hommes sortent avec des sacs de plastique opaque dissimulant vraisemblablement d'autres sacs à l'intérieur. La lune, à ce moment précis, se glisse par la porte et éclaire pendant un court moment un visage. Julie ne peut retenir un cri de surprise.

« Angelis ! Mais qu'est-ce que tu fais là ? »

Angelis habite le quartier des grands-parents de Julie. Il rend service aux commerçants en déchargeant tôt le matin les camions de livraison.

On ne lui connaît pas de famille, seulement des relations douteuses dans quelques bars enfumés de la vieille ville. Celui qui semble être le chef de la bande se retourne brusquement vers Angelis.

« Ils te connaissent ? Ça, c'est pas bon ! »

Angelis blêmit. Dans le même temps, Julie comprend son erreur. Thierry pousse un gémissement. Lui aussi vient de comprendre… Angélis reprend alors :

« Ce ne sont que des mômes ! Que veux-tu qu'ils racontent ? Et quand bien même, qui les croirait ? »

L'homme au complet clair s'impatiente.

« Je ne vous fais pas de dessin ! J'espère que vous savez comment gérer ce genre de contretemps. Mon employeur ne prendra aucun risque. Chargez la marchandise et revenez les chercher ! »

Julie et Thierry les voient disparaître. La discussion semble s'envenimer entre les trois hommes. C'est le plus vieux qui tranche alors en disant d'une voix forte :

« Bon, bon, on fera comme vous voudrez ! Pas la peine d'en causer à votre patron ! »

Julie tourne la tête vers Thierry. C'est d'une voix sans timbre qu'il murmure :

« Ils sont obligés de nous tuer, maintenant. »

7

JULIE, qui réalise que tout est de sa faute, éclate en sanglots. Thierry, lui, imagine très bien la fin qu'on réserve aux petits curieux de leur espèce: on les fera monter de force dans l'embarcation et on les assommera avant de les jeter à l'eau. Quand on les retrouvera, si on les retrouve un jour, tout le monde conclura à une noyade par imprudence.

Pour un peu, Thierry, qui a perdu tout espoir, voudrait que le temps s'accélère jusqu'à l'ultime instant. Comment pourrait-il lutter avec ces trois tueurs ?

Soudain, des bruits de voix les sortent de leur torpeur morbide. Des coups de feu retentissent, espacés d'abord, puis par salves.

Des cris, des ordres, des voix que Julie et Thierry n'arrivent pas à reconnaître. Sans aucun doute, des comparses de l'homme en blanc, qui a alerté son patron : ils ont décidé de « faire le ménage » eux-mêmes en ne laissant aucun témoin derrière eux. Une cavalcade s'ensuit alors, des pas se rapprochent à toute vitesse du blockhaus. Julie se cache le visage dans ses mains, terrorisée, tandis qu'une voix retentit :

« Les voilà ! »

Julie se retourne. Il lui semble connaître cette voix, mais ce n'est pas celle d'un des trois hommes. Elle distingue alors un ciré de marin, une moustache grisonnante, des cheveux gris et denses, une silhouette de rugbyman.

« Alex Brady ! Alors, vous aussi, vous trafiquez avec ces bandits ! »

8

ESt-ce lui qu'on a désigné pour les éliminer ou bien est-il à la tête du gang ? L'homme dit alors calmement :

« Décidément, tu ne te contentes pas d'en faire, des bêtises, tu en dis aussi !

— Mais alors ?

— Tout est fini ! Vous avez une chance inouïe !

— Mais où sont les autres ?

— Entre les mains de la police. Un beau coup de filet ! »

Thierry sort alors de son mutisme :

« Mais comment le saviez-vous ?

— Depuis le *Freeman*, j'avais remarqué un curieux manège depuis quelque temps. J'ai fait confiance à mon flair d'ancien flic, j'ai mis la police au courant. Ils attendaient la prochaine livraison de drogue pour les coincer. Je suis venu donner un petit coup de main à mes anciens collègues.

— Mais comment avez-vous deviné que ce serait cette nuit ?

— Angelis n'est pas celui que vous croyez. C'est un " indic " précieux pour les services de police. Il a même risqué sa vie en s'infiltrant dans le réseau ! Seulement, il n'avait pas prévu votre présence et ça a failli mal tourner ! Votre vie ne pesait pas lourd pour ces gens-là, croyez-moi !

— Mais alors, ces coups de feu, c'était la police ? demande Julie.

— Oui. Les bandits avaient accosté un peu plus loin et laissé un des leurs dans le canot pour faire le guet. Il a été maîtrisé en douceur et l'un des policiers a pris la place du malfrat dans l'embarcation. Les fripouilles n'y ont vu que du feu et ils ont été cueillis à leur retour. L'acheteur s'est évadé par les rochers, en tirant pour couvrir sa fuite.

— Alors, il court encore ? demande Thierry, subitement inquiet.

— Rassure-toi, pas de chance pour lui, ses chaussures n'étaient pas vraiment adaptées à l'escalade ! Il a glissé et on l'a récupéré en bas du rocher avec un bras cassé.

— Mais comment saviez-vous que nous étions sur l'île, demande subitement Thierry.

— Depuis le *Freeman*, j'observe les oiseaux à la jumelle. C'est comme ça que j'ai surpris un jour votre petit jeu. Aujourd'hui, je ne vous ai pas vus rentrer et je dois dire que j'ai d'abord paniqué... puis prié pour que ces salopards ne croisent pas votre chemin.

— Des salopards qui ne nuiront plus pendant quelque temps ! »

Celui qui vient de parler n'est autre qu'Angelis, qui a rejoint le groupe avec des couvertures. Julie ne peut s'empêcher de manifester son admiration à l'égard de celui qui s'est ainsi jeté dans les griffes du loup.

« Mais pourquoi avez-vous pris tous ces risques ?

— Ma sœur est morte d'une overdose. Elle venait de fêter ses seize ans ! Je me suis juré de traquer toute ma vie ceux qui l'avaient fait mourir !

— Je vous comprends, reprend alors Thierry, si quelqu'un faisait du mal à ma sœur ou à Julie, j'agirais comme vous !

— En attendant, reprend Alex, mi-figue mi-raisin, tu devrais mieux choisir tes copines. Une qui préfère le cinéma, par exemple ! »

Julie lui lance un regard incendiaire, mais il ajoute :

« Assez parlé ! En route ! Direction l'hôpital pour la cheville et la maison pour la fessée ! »

Dehors, les pompiers attendent Julie avec une civière. En contrebas de l'île, le pilote du Zodiac a déjà mis les gaz. À ses côtés, une personne s'impatiente : le père de Julie.

Alex dépose la blessée et en profite pour chuchoter à son oreille :

« En vérité, il aurait bien tort de changer de copine, ton Thierry, parce que tu es aussi jolie que l'était ta maman… et tu as les mêmes yeux ! »